句集

はないちもんめ

高木理子

文學の森

序

平成十八年「玉梓」を創刊して間もない頃、編集部の宮田ひさ英さんの紹介で、川田節さんとともに入会された高木理子さん。三人はテニスの仲間だったと聞いている。俳句はまだ始めたばかりと言われていたが、その頃、既に京都の歴史ある結社「向日葵」（那須淳男主宰）に入会し研鑽を積まれていた。句会にも慣れており、てきぱきと動かれ、持参した飴をさりげなく席に回すなど行き届いた気配りが句会の雰囲気を和ませてくれた。明るく快活な性格は「玉梓」の人たちともすぐ馴染み、「玉梓集」での成績も目を見張るものがあり、たちまち同人となり、数年経った頃私は川田さんとともに編集部に入ってくれるよう懇願した。

俳句の実力が伴わないからと言っていつも謙遜されているが、責任感の強さは人一倍。編集会議の日は誰よりも早く編集室に駆けつけ、皆が集まるまでに部屋を整えてくれる。そんな理子さんが、若い頃から大きな手術を二回も経験されていることを聞き驚いたが、昨年の春、更に大きな試練が彼女を襲ってきた。まさかと思っていたが、三度目の癌の発症である。理子さんはそれを冷静に受け止め手術に踏み切られた。

病気が発見される前に私は句集を出すことを勧めていたが、さすがにそれどころではないと思った。

でも術後の痛みと闘う理子さんに私は俳句を作ってもらいたかった。こんな時こそとの思いから、酷なようだが俳句を勧めた。理子さんは果敢にも俳句に挑み、沢山の俳句を作り、「玉梓」の特別作品として、

黒揚羽母の忌日で手術日で
涼しかりけり執刀の主治医の眼
病室のメロン動かず日の暮るる
氷菓美味し病棟完歩せし後の

などの作品を残された。試練を乗り越えてこその珠玉の作品である。

手術のこともあり、句集のことは口に出せずにいた私に、ある日突然理子さんは「先生、私句集出しますよ。それとこれとは別ですから」と自分から出版を申し出られたのである。かくして理子さんの第一句集『はないちもんめ』は誕生した。

「京の七口」より

紅を濃く己励ます初鏡
野良着より飛びたつ蝶や暮れなづむ
藤のたう十摘み十の穴残る
象出して象舎を洗ふ春の昼
歩いても歩いても花賀茂堤
ふらここやまだ甘えたき子がひとり
菜箸の先焦げてゐる昭和の日

理子さんは身なりをいつもきっちり整えられ、年齢を感じさせない人だ。少し濃いめの紅に身を引き締め、新しい年へ踏み出す決意をかためる。脱ぎ捨てた野良着に潜んでいた蝶が分身のように飛び立ち夕闇の中に消えて行く。蕗の薹を摘んだ数だけ穴が残るのも、象舎から象を出して洗うのも当たり前の景。その当たり前の眼前の景にこそ詩が隠されていることを理子さんは見逃さない。出町柳を起点にした賀茂堤の桜並木の素晴らしさは知る人ぞ知る京都の桜の名所。幼子へ向ける視線はひときわ温かい。「甘えたき子」の措辞が句意を深めている。菜箸と昭和の日の取り合わせは絶妙。さり気なく季語の本意に迫る。

「はないちもんめ」より

踊子草踊り疲れて地に伏せる

夕焼やはないちもんめの影ゆれて

炎天来し試練をひとつ越えて来し
辛棒の棒の折れさうなる炎暑
蟬の穴のぞいてみたり小突いたり
独り居に人来て金魚落ち着かず
泰山木咲きてふたりの門出祝ぐ

踊子草だって踊り疲れるという擬人化の巧みさ。夕焼を見るたび幼き頃の友や故郷の景が甦り、「はないちもんめ」の歌を口ずさんでしまう理子さんはこの句からタイトルを決められた。炎天、炎暑の句は、息子さんが入院され看病に通われた頃のもの。何としてでもこの子を守り切るという母親の心情が痛いほど伝わるが、決して泣き言ではない。ときに見せるお茶目な面も理子さんの魅力のひとつ。独り居はたまたま一人でいた日の一齣。突然の来客に金魚も驚いている。「長男結婚」と前書のある句になんだかほっとさせられる。空仰ぐ泰山木の純白の花が二人に乾杯を挙げているかのようだ。

「娘がそばに」より

新涼や老斑の手の置きどころ
大戦知る端くれに居て終戦忌
鈴虫を鳴かせ真昼の郵便局
ため池の多き故郷百舌鳥猛る
千本鳥居千本抜けて天高し
いつの間に娘がそばに星月夜
胡桃割る不思議の国を覗くかに

自画像の意外な取り合わせが新涼を引き立てる。昭和十四年生れの理子さん。終戦の年はものごころがつき始めた微妙な少女期。馴染みの郵便局の雰囲気をかもしだす鈴虫の声が明るい。百舌鳥の声を聞くたび故郷堺市の溜池や地名の百舌鳥古墳群を思い出すという。伏見稲荷は理子さんの好きな吟行地。千本鳥居を抜けてこその天の高さの実感。いつも静かに寄り添ってくれる娘さん。その存在の大きさを闘病生活を通して改めて感じられたという。二人で眺める星月夜が余りにも美しい。胡桃の実の不思議の国からまたまた理子さんの空想が始まるのだ。

「歩かねば」より

綱引きのやうな夫婦や冬ぬくし
毛糸編む一つ覚えの鉤針で
指きりは何の約束焚火の子
雪女郎来てゐる介護相談所
銀の斧探しに潜るかいつぶり

歩かねば冷凍人間雪霏々と
冬夕焼野川を染める力なく

押したり引いたりの夫婦の関係が日常を楽しく豊かにしてくれている。一つ覚えではあるが、鉤針なら任せておいてとなんでも編んでしまう理子さん。焚火を囲みながら指切りをしているのは下校中のランドセルを背負ったままの女の子。雪女郎も歳を召されたか、意外な発想に驚く。鳰の潜る姿を見つめながら童話の世界に惹き込まれていく理子さん。雪の激しさを身を以て体験したからこそ得られた句。「歩かねば」は、これからの己をも励ます言葉。冬夕焼の句は夏の夕焼との違いを感覚的に捉えた。力なき夕焼に染め上げられた野や川は、別の美しさを見せてくれる。

いつも前向きでひたむきな理子さんから、闘病の影は感じとれない。

むしろ影とは逆の明るさが表に出ておられるのは、天性の明るさと優しさ、そして決して折れない芯の強さから来ているのだろう。
術後半年、ようやく戻られたという日常生活、俳句にコーラスに源氏物語の受講にと持てる力を出し切っていただきたい。良き家族、良き仲間に囲まれての日々が益々豊かでありますように祈ります。

平成三十年年早春

名村早智子

句集　はないちもんめ＊目次

装丁　文學の森装幀室

句集　はないちもんめ

京の七口

新年／春

紅を濃く己励ます初鏡

南禅寺お降りあとの苔匂ふ

七色の待針散らし縫ひ初め

天龍の眼威をはり年新た

老松は庭の要や四方の春
三条の大橋渡る旅はじめ

雑踏に福笹の鯛をどり来る

湧水に踊る水草や春立ちぬ

靴跡より春の雪解け通学路
雪解けの庭の華やぐ一鳥に

薄氷の傷ひとつなき山上湖

薄氷を突けば蹲踞あふれ出す

梅二月山は晴れたり曇つたり

梅見茶屋灯し頃となりにけり

お手玉の六つでつまづく梅の花
たんねんに鍋を磨きて二月果つ

すぐ倒る紙雛さとしゐる幼

雛納む隙間すきまに綿はさみ

胴上げの四肢が天突く合格子

彼岸詣餌に鳩寄せ鯉寄せて

野良着より飛びたつ蝶や暮れなづむ

鼻筋は母ゆづりなり仔馬立つ

蕗のたう華やぎはじむ水の声

蕗のたう十摘み十の穴残る

蕗のたう母の手引いて畑まで

山襞の影の濃淡「木の芽どき

謎多き古墳の岩や陽炎へる
「向日葵」巻頭

太白のまだ空にあり万愚節

全山の花もて包む蔵王堂

足裏よりのぼり来るなり花疲れ

花筵はひはひの子に明け渡す

歩いても歩いても花賀茂堤

人力車花の真下に客おろす

石仏の落花に溺れゐて笑まふ

何回も指きりげんまん花の下
母の手を離し花びら追ひかける

身をさらし渡る吊橋飛花落花

つばめ来と京の七口開けてあり

翼つけ御苑を巡る花楓

象出して象舎を洗ふ春の昼

青空へ吸ひ込まれゆくしやぼん玉

アスパラガス幸せ色に茹だりけり

母と子の静かな午後やわらび餅

目覚めよと山に一喝春の雷

夕暮れのふらここ風の子が揺らす
ふらここやまだ甘えたき子がひとり

春の鴨水の煌めき水脈で消す

大寺の伽藍の反りや松の芯

どしやぶりの雨に耐へゐる葱坊主

春の雨音を忘れて来たりけり

ゆりかごの琵琶湖残して鳥帰る

春日燦大樹は影を太らせて

菜箸の先焦げてゐる昭和の日

まな板に熱湯かけて昭和の日

「向日葵」巻頭

花りんごアルプスの雲ほどけゆく

はないちもんめ

夏

鯉のぼり日がな琵琶湖を眺めをり

菖蒲湯や爺の自慢の力こぶ

筍を括る荒縄すぐ緩む

黒板を大きく使ひ青田風

母の日の妣には勝てぬ隠し味

初蟬や病室に耳ふくらませ

登山靴脱いで足裏に尾瀬の風

初鰹一気におろす左利き

オホーツクの潮したたらせ昆布干す

踊子草踊り疲れて地に伏せる

川底の石に日の斑や夏柳

踏み込んで蜥蜴おどしたかも知れず

猫はまだ気付いてをらず青蛙
住まぬ家なれど青葉の生気かな

父の日や玄人はだしの道具箱

父の日の父の散髪念入りに

筒鳥の声筒抜けに大江山
梅漬けて女のひと日暮れにけり

きしみ出すそろばん玉や走り梅雨

梅雨深し庭師遺愛の鋏錆ぶ

黴匂ふ開山堂の格子かな

針千本の約束恐し七変化

知らぬ間に猫も寝てをり青簾

千年の杉の生気や青高野

耳打ちは午後の約束さくらんぼ

逃げまはる影を散らして目高かな

山開百のテントに星の降る

京都タワー夜空に浮かぶパリー祭

土用波ぐいと押し上げ海女浮かぶ

土用太郎力養ふもの食べて

古女房浴衣の帯を低く締め

道巾の雲の峰立つ先斗町

夕焼やはないちもんめの影ゆれて

貝風鈴吊つて異国の風を聴く

もてなしは湖の涼風波の音

生活あり灼けて静もるビル街も

水替への金魚を掬ふ穴杓子

夏帽子象の前より動かざる

夕薄暑濡れ手でもらふ宅急便

炎天来し試練をひとつ越えて来し

水打つは今日の終止符夕茜

ベランダに詫状かとも落し文

苔を敷くやうに青田の丈揃ふ

辛棒の棒の折れさうなる炎暑

山影のかぶさり来たる茄子畑

軽くしぼる浅漬茄子の紺しづく

玉葱のうしろ野良着の干されあり

蟬の穴のぞいてみたり小突いたり

網戸して声筒抜けの暮しかな

天照らす程の白さや山法師

独り居に人来て金魚落ち着かず

洗鯉大きな闇の近江の海

長男結婚

泰山木咲きてふたりの門出祝ぐ

降り立ちて夏山峨々と高架駅

水替へて傾ぎしままの水中花

一茎の姿勢正しく蓮開く

釣忍しばらく夕日吊つてをり

黒揚羽母の忌日で手術日で

涼しかりけり執刀の主治医の眼

モーツァルト涼しく流れ手術室

氷菓美味し病棟完歩せし後の
病室のメロン動かず日の暮るる

わが嘆き透きとほるかに若楓

垂直に点るタワーや夏の月

降り足らぬ雷雲迫る桃山城

娘がそばに

秋

新涼や老斑の手の置きどころ

オルゴールの小さき錠前涼新た

糺の森水音もどこか秋めいて

夜伽てふ不思議な時間走馬灯

原爆忌心静かに鶴を折る

大戦知る端くれに居て終戦忌

残蟬に魂抜かれゐるやうな

病みゐても伸びゐる爪や秋暑し

足裏に秋の来てゐる畳かな

誰にでもいたづら心猫じやらし

コスモス咲くまだ触れ合はぬ数なれど
一日の始め露草つゆこぼす

墓山へ体力試す秋彼岸

グーと出てパーと咲きたる曼珠沙華

曼珠沙華伊吹裾より暮れゆきし

神饌の田へ道は一筋曼珠沙華

虫の音や眼を閉ぢて見ゆるもの
石の橋すぎて木の橋月の道

夕月も入れて縄とび大きな輪

松虫草からりと晴れし八ヶ岳

仏壇の母は聞き役白桔梗

虫時雨書かねば言葉消えやすし

鈴虫を鳴かせ真昼の郵便局
知事賞受賞

逢坂山越えの先頭鰯雲

葛の雨稲荷の狐嫁入りす

コスモスの花野に雲も来て遊ぶ

山の影池塘に揺るる花野かな

着地まで待てずとび出す毬の栗

鬼の子に秘密をひとつもらしけり

樹木医の来てゐる御所の松手入

夕闇に鹿の目光る神の島

ため池の多き故郷百舌鳥猛る

扁額に墨の光陰新松子
惜命の盃を重ねて新走り

音たてぬ午後の尼寺鳥渡る

ゆらぎては太りゆくなり芋の露

疏水道逸れて見にゆく藤袴

千本鳥居千本抜けて天高し

いつの間に娘がそばに星月夜
月光も入れて糠床まぜてをり

胡桃割る不思議の国を覗くかに

秋耕の五体しづかなリズムあり

狸藁塚猫が潜つてをりにけり

レモンぎゆつと搾りて決意かためけり

貼り替へて灯影ふかむる白障子

ゐのころにそつぽ向かるる疲れ顔

紅葉晴伽藍連なる上醍醐

小鳥来る小野小町の化粧井戸

手から手へ分け合ふ木の実半分こ

菊膾父に背きし日の遥か

地球儀のどこに付けよう赤い羽根

胸元に風がとびつく赤い羽根

大比叡にまとふ雲なし文化の日

比良山の紅葉引き寄せ高架駅

水底に天の明るさ鰯雲

山の端のすとんと暮れて茸汁

柿を捥ぐまつはる夕日拭ひつつ

吊し柿ほどよき皺の寄り来たる

干柿の色を深めて峡一戸

山霧やホテルの聖書古びをり

呼ぶ声も応ふる声も霧の中

秋深し鏡台の位置変へてみる

手のひらの手紙の重み秋深む

歩かねば

冬

プロレスより相撲大好きちやんちやんこ

日向ぼこ猫の両耳透けゐたり

綱引きのやうな夫婦や冬ぬくし

大根煮る紙一枚の落し蓋

大根干す里には遠き一山家

晩学や一隅に映ゆ石蕗の花

出し抜けに小鷹飛び立つ后陵

東山風の一喝枯葉とぶ

毛糸編む一つ覚えの鉤針で

白障子しめて喪服の袖だたみ

裾野より力抜きつつ山眠る

ひとひらの木の葉に夕日乗つてをり

町家カフェ築百年の隙間風

笹鳴や明治の色の水路閣

百畳の冷気集まる膝頭

「向日葵」巻頭

鬼のまま終る遊びや暮早し

立ち並ぶビルに死角やもがり笛

ふぐ鍋や船の灯絶えぬ関門峡

指きりは何の約束焚火の子

身の内の何か失せゆく湯ざめかな

霜掃きて浮き上がりたる通学路
野をわたる長き汽笛や雪催

残照の沖の鎮もり開戦日

大阪弁値切る迫力歳の市

雪婆娑と落してよりの樹々の黙

雪だるま何の思案の首傾げ

雪女郎来てゐる介護相談所

手荷物を振子担ぎに雪の道

廊長き山のホテルや冬銀河

君子偕老朝一杯の根深汁

着ぶくれの中より手が出祝酒

綿虫に夕闇といふしめくくり

猫膝にみかん剝きをりひとりの夜

川風の荒きを集め枯すすき

木枯や町家格子の拭き細り

北風のパンチ食らひて不整脈

寒風に己の影の抜け落つる

銀の斧探しに潜るかいつぶり

世界遺産の寺に抜け道冬うらら
霏々と雪降つても琵琶湖隠しえず

歩かねば冷凍人間雪霏々と

凍雲や電光ニュース横すべり

軒氷柱迷はず真直ぐ伸びてをり

冬夕焼野川を染める力なく

冬ざれや忍び返しの錆深し

棒立ちの水位標なり川涸れて

「玉梓」巻頭

灯明のいびつな揺らぎ寒波急

捨て切れぬ生家の鍵や冬深む

聖護院包む煙や追儺護摩
もしかして鬼は私か豆撒かる

大袈裟な追儺の鬼の乳房揺れ

春隣重ねて軽き手漉和紙

句集　はないちもんめ　畢

あとがき

『はないちもんめ』は私の初めての句集で、平成十二年から二十九年秋までの「向日葵」「玉梓」その他に発表した句の中から二百三十五句を収めました。

俳句を始めるきっかけとなったのは、テニス仲間でもあった宮田ひさ英様、川田節様に、秋の京都の北の果、峰定寺に誘われたことでした。紅葉と黄葉、そして緑の木々の織りなす見事な景に感動し、老杉を三人で囲みながら、俳句のすばらしさを説かれたのです。「俳句は生涯の友となるよ」と言われたことを二十年近く経った今も忘れません。

堺山茶花先生ご指導の俳句教室に入会し、その後しばらくして、「向日葵」（那須淳男主宰）に投句するようになりました（山茶花先生亡きあとは筒井敏恵先生、髙木杏子先生に引き継がれ、今もご指導を受けています）。

平成十八年創刊された「玉梓」に入会し、名村早智子先生との出会いがあり、厳しいご指導の許、編集の手伝いもさせていただくようになりました。

私は過去二回癌を患いましたが、昨年又乳癌を発症し、手術後の服薬治療は今も続行中です。人生何が起きるかわかりません。名村先生からの「思い切って句集を」のお言葉に励まされ、四人の両親を看取りつつ、今までつづけて来られた日々の証として、俳句をまとめることを決意しました。

「玉梓」編集長の小寺篤子様には句稿整理の全ての面でお世話になり、

名村先生には選句からタイトル、その他あらゆる面でお世話になり、その上身に余る序文を賜り、筆舌には尽くせぬ程感謝の思いにあふれています。

家族も何かと協力をしてくれて、病も吹っとぶほどの喜びに浸っています。

「文學の森」の皆様にもお世話になりました。御礼申し上げます。

平成三十年三月

髙木理子

著者略歴

高木理子（たかぎ・あやこ）

昭和14年　大阪府堺市生まれ
平成12年　堺山茶花俳句教室入会
　　　　　堺山茶花、筒井敏恵、髙木杏子に師事
平成13年　「向日葵」（那須淳男主宰）入会
平成18年　「玉梓」（名村早智子主宰）入会

現　在　「玉梓」真朱集同人・編集部員
　　　　俳人協会会員、京都俳句作家協会幹事

現住所　〒607-8242
　　　　京都府京都市山科区勧修寺柴山 8-197

句集　はないちもんめ

発　行　平成三十年四月三十日
著　者　髙木理子
発行者　姜　琪　東
発行所　株式会社　文學の森
〒一六九-〇〇七五
東京都新宿区高田馬場二-一-二　田島ビル八階
tel 03-5292-9188　fax 03-5292-9199
e-mail　mori@bungak.com
ホームページ　http://www.bungak.com
印刷・製本　竹田　登

ISBN978-4-86438-726-2　C0292